日本語の盆栽である川柳よ

信部詩葉
SHINOBE UTAHA

幻冬舎MC

日本語の盆栽である川柳よ

目次

猫の部

まことちゃん騒ぐなお隣猫嫌い

まことちゃんいたずらしたら「デコピン」だ

朝四時に「遊ぼ」と起こす君は猫

青畳寝ている私をまたぐ猫

猫袋くわえ私の昼ごはん

暑かろう猫バリカンで刈り上げる

たこ焼きをすればタコだけくれと猫

カマキリとさんざ遊んで食べる猫

猫用のビデオは裸のメス猫か

類は友呼ぶのか酒をなめる猫

晩酌に付き合ってくれる猫の舌

「えー本当?」よそ猫イカで腰はずす

住み替えを提案したが猫却下

マタタビ酒欲しがる猫と共に酔う

ノラ猫にエサやりパトカー飛んで来る

病気でも最期まで一緒猫家族

まことちゃん思春期ニキビ洗顎す

エアコンの特等席で休む猫

人間模様の部

なぜかしら彼のペットに嫌われる

はしゃぐ犬生《ナマ》コンクリに足つけて

欲望という名の電車降りなきゃね

女子大で講義しようかＫｉｓｓの意味

合コンで設定同士がひっついて

男性と話するのはお医者だけ

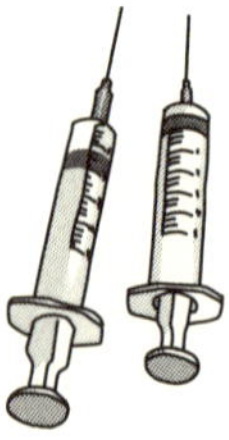

何故聞くの女の過去を初めから

九番にＴＥＬする彼が「終わりました」

Ｋｉｓｓされて「目を閉じろよ」と貴方もね

彼バナナぐちゃぐちゃＫｉｓｓで私へと

恋なんてしない涙が乾くまで

「何あった？」ブルーシートを干しただけ

「ちくしょう！」と言いおしおきは床正座

孫三人またお腹には双子らし

「何が好き?」「水道水」と答えた子

α　米孫完食でひと安心

布おむつ乾かしていた遠い日々

イヤイヤ期ママも泣きたいクタクタ期

「蛙の死」子どもは時に残酷だ

ハネムーン　夫がイヤで別行動

肉を食べ　肉のかたまり産んでみた

子を産んで胎盤ボサンとゴミ箱へ

冷えピタを貼っても遊びたい子ども

親ごころこじらせた子も　もう三十路

母の背をさする幼子《おさなご》　手はもみじ

孫出来て歳を取ったと髪をすく

親子でも逃げ道作ってケンカする

出産後美味しかったな塩ラーメン

母の縫う服が一番似合ってた

ヘルパーに恋した母は女学生

「新鮮か」閉じることないサカナの目

旨そうに酒呑み詩詠む吉田類

いいと言う貧乏ゆすりいざ出来ぬ

お笑いは見ない芸人騒ぐだけ

気の弱い女とオバケいないらし

朝と夜　思考はまるで正反対

我が生死　気にかける人誰も無し

歳ゆけばペットボトルのフタ開かず

目に刺さる話するなら箸を置け

すき焼きの牛脂は姉の体脂肪

古畳　古女房と　手製味噌

ホームでは次の季節の写真はる

じいさんが替えた免許とタケコプター

医師に聞く「『鬱《うつ》』書けますか？」「自信ない」

内科では私の番は休憩か

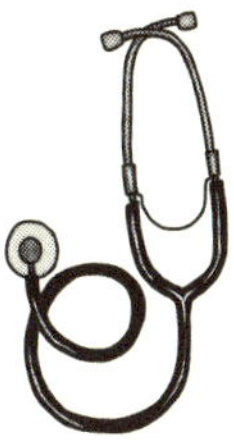

患者より電子カルテを見てる医者

暑すぎて色マジックで服を描く

「お～い、お茶！」ペットボトルが飛んで来る

お隣は住んでいたのか今朝荷出し

閉経で残ったナプキン痔の手当て

「母さんはこの味じゃない」なら作れ

青のりは四万十川のを買う夫

手術後に出されたおかゆ美味かった

米俵もらった力士「やった！」感

環境に良いとうちは無洗米

皮フ科行く「性病科あり」他へ行く

お茶漬けをさらさら食《しょく》す主婦の昼

百均でつい買うものは乾電池

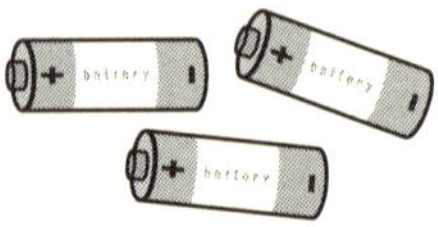

キャッシュレス　スマホにカード　サザエさん

先ず食事　満腹で行く食品館

ビニールを伸ばして入れる詰め放題

波平がふと寄ってみた歌舞伎町

手前取り今日食べるなら値引き品

帰り待つ玄関の灯りひとつだけ

すきま風埃が舞って春を知る

胸お尻あとの脂肪はNo Thank you

「かわいそう」その気持ちが差別生む

ＩＱは高いが「バカ」とよく言われ

主婦業は始まりあって終わり無し

焼き芋が手のひらで舞う昼三時

進まない眠れぬ夜に読む本が

本能でトイレの場所を知る私

カンツォーネ老人ホームで拍手され

三時過ぎのぞいてみたい銀行を

にぎりめし料理番組見ながら食う

私ですす家事をするのも稼ぐのも

エンディング・ノート書き終え秋初め

おしゃべりは芋一個分ダイエット

「エ・アロール」それが何なのつぶやいて

秘書検定　合否ハガキで家族知る

逆悲鳴チカンの手には刺した画鋲《がびょう》

結婚をしてくれたのはひとりだけ

パン屋前栗の木とリス思わず「えー？」

悩みとはいつか望みが叶うこと

倉木麻衣逆さに読めば今気楽

「蒲団」嗅ぐ花袋日記に留めておけ

図書館の駐輪場に「ラビット」が

おみくじが全員「凶」で初笑い

酷暑なら首を入れたい冷蔵庫

「ここだけの話」は大概《たいがい》バレている

繰り返す「よいお年を」と念仏か

大蒲団暑くて手足ラジエター

憑《つ》いている訳あり物件霊とシェア

「幸せか」問う目が私見ています

大のあとマッチをすって臭い消し

浮き沈み激しい人生血圧も

バスタブをシャワーで温め服をぬぐ

もう恋は出来ぬか新婦泣いている

帰れない上司がいるとつい残業

やれやれとゆっくり帰る救急車

平凡はこの上もない幸せか

間違いの電話相手と話し込む

音姫が一度で効かず二回押す

数えない心の中の雑草を

人生は　冥土の旅で　ひと休み

教科書の裏でつま弾く鍵盤を

熊の中　森さんがいて助け出す

花咲かし終わりを告げる観葉樹

「出来たぞ！」とEnterキーをたたく人

水曜を休日にする総理欲し

主婦の本　袋とじ開け「夫婦」知る

消費税今どの辺り五合目か

税という爪揚げさらに上ってく

死ねないよ相続税が高すぎる

原発が安全ならば千代田区に

二　二六「これ着よ」と言う裸なの？

犯罪をおこせば女性から女

警察をからかうメッットヅラを貼り

「何あった⁉」ふたの壊れた警報器

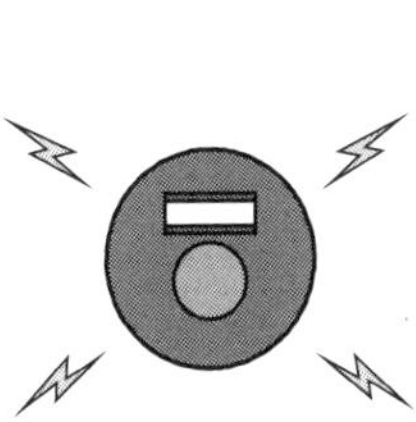

ホラーよりはるかに怖い日々事件

「人の首！」よく見りゃ干ぴょう剥いた玉

献血車「あなたの生き血下さいな」

教わった教えることは二度学ぶ

生きて来た自分をほめてあげようね

仲人がまだ生きていて呪う日々

インパラは貧乏人のキャデラック

「私だけ？」字幕読む間に別画面

フクロウの目も光ってる星の夜

アメリカはオフィス・ビルに斧《オノ》設置

私の句売れたら買うわラムネ菓子

お手洗い「ゲロを吐いたら一万円！」

テレビでのN響ごろ寝して聴いて

予期してた「沈黙の春」読み返し

メルカリで買った聖書は二百円

〈著者紹介〉
信部詩葉（しのべ うたは）
生年月日　昭和中期
学歴　大卒
顔　板尾創路の女版
趣味　ホラー
オペラ鑑賞
映画鑑賞
マンドリン
将来の夢　教祖様

日本語《にほんご》の盆栽《ぼんさい》である川柳《せんりゅう》よ

2025年2月14日　第1刷発行

著　者　信部詩葉
発行人　久保田貴幸

発行元　株式会社 幻冬舎メディアコンサルティング
〒151-0051　東京都渋谷区千駄ヶ谷4-9-7
電話　03-5411-6440（編集）

発売元　株式会社 幻冬舎
〒151-0051　東京都渋谷区千駄ヶ谷4-9-7
電話　03-5411-6222（営業）

印刷・製本　中央精版印刷株式会社
装　丁　村上次郎

検印廃止

Printed in Japan
ISBN 978-4-344-69206-0 C0092
幻冬舎メディアコンサルティングＨＰ
https://www.gentosha-mc.com/